CHANT IMPÉRIAL

LE RHONE - 1856

Par C. CHAMBEAU

Celui qui met un frein à la fureur des flots,
Sait aussi des méchants arrêter les complots.
RACINE.

VAUGIRARD

TYPOGRAPHIE D'ALFRED CHOISNET

Rue de l'Église, 6

1857

CHANT IMPÉRIAL

LE RHONE - 1856

CHANT IMPÉRIAL

LE RHONE - 1856

Par C. CHAMBEAU

Celui qui met un frein à la fureur des flots,
Sait aussi des méchants arrêter les complots.
RACINE.

VAUGIRARD

TYPOGRAPHIE D'ALFRED CHOISNET

Rue de l'Église, 6

1857

A L'IMPÉRATRICE

Madame,

J'arrivais à Lyon lorsque Sa Majesté
Quittait, pour vous revoir, cette triste cité.
J'ai parcouru le sud, et, dans ce long voyage,
J'ai vu, j'en tremble encor, l'indicible ravage
Des torrents furibonds, des fleuves débordés ;
J'ai vu les pleurs sanglants de cent mille inondés.
Mais aussi, j'ai pu voir, souvenir ineffable,
Des pas de l'Empereur la trace ineffaçable.
Partout avec délire on exaltait son nom,
Et chacun bénissait votre NAPOLÉON.

Sous le charme puissant des nombreuses merveilles
Qui sans cesse frappaient mes yeux et mes oreilles,

I

Je voulus à l'instant, sans quitter les Brotteaux,
De tant de faits divers esquisser les tableaux ;
Mais cédant aux devoirs exigeants de la vie
Les loisirs qu'à Phœbus pour vous je sacrifie,
Je dus, avec douleur, laisser mes canevas,
Jusque longtemps après la saison des frimas ;
Et je viens seulement, auguste Souveraine,
Avec ces quelques vers, prémices de ma veine,
Déposer à vos pieds le tribut mérité
De ce qu'un Français doit à votre Majesté.
Trop heureux si je peux, dans ce faible poème,
Où j'ai dit qui je suis, où j'ai dit ce que j'aime,
Vous causer le plaisir que ressent votre cœur,
Quand il trouve un ami fidèle à l'Empereur.

Je suis avec un profond respect,

Madame,

De votre Majesté,

Le très-humble et très-obéissant serviteur
et très-fidèle sujet,

CHAMBEAU.

LE RHONE — 1856

Celui qui met un frein à la fureur des flots,
Sait aussi des méchants arrêter les complots.
RACINE.

Je visite ces lieux si tristement célèbres,
Où l'homme n'entend plus d'autre bruit, d'autres chants,
Que le bruit de la foudre et que les chants funèbres.
Quels spectacles hideux et quels tableaux touchants
Viennent, à chaque pas, affliger notre vue !
Inénarrable horreur que l'œil n'a jamais vue !
Pour t'expliquer, il n'est qu'un mot et le voici :
La colère divine a dû passer ici ! ! !

Muse chrétienne, ô toi qui, depuis mon enfance,
Exerces sur ma verve une heureuse influence,

Prête-moi tes pinceaux, prête-moi tes couleurs,
Pour peindre vivement ces immenses douleurs,
Ces drames émouvants et ces traits d'héroïsme,
Fruits de religion et de patriotisme,
Qui montrèrent chez nous ces antiques vertus
Que l'univers entier ne nous supposait plus;
Ce piédestal enfin où, du Rhône à la Loire,
L'Empereur, en héros, mit le comble à sa gloire.

C'était le trente mai; des signes précurseurs
Présageaient au midi quelques prochains malheurs.
Aussitôt on s'émeut, on se hâte, on travaille
A parer aux fléaux, à leur livrer bataille.
Mais, hélas! soins tardifs, inutiles efforts!
Augmenté tout-à-coup des terribles renforts
Que courent lui porter et le Doubs et la Saône,
Ses rivaux de fureur, le redoutable Rhône,
Sur dix départements précipitant ses eaux,
Offre de toutes parts de déchirants tableaux.
Ni les murs élevés, ni la digue puissante,
Ne sauraient arrêter son onde envahissante.
Tout est percé, rompu; travaux et travailleurs

Sont traînés, engloutis dans ses flots destructeurs.
De Lyon à Marseille, où l'Océan commence,
Il fait, sans horizon, une autre mer immense,
Où l'œil épouvanté n'aperçoit que débris ;
Où l'oreille n'entend d'autre appel que les cris
Des femmes, des enfants, innombrables victimes
Que vont bientôt, sans doute, engouffrer ces abîmes.

Mais suivons le fléau dans son cours désastreux
Dont rien ne peut sauver nos frères malheureux.
Lyon subitement devient une grande île ;
Et quelle île, mon Dieu ! Les deux tiers de la ville,
De rapides torrents en tous sens traversés,
D'un désastre certain se trouvent menacés.
Aussitôt, en effet, Morand et La Villette,
Et la Guillotière et le cours Lafayette,
Le grand chemin de Saxe et les vastes Brotteaux,
N'offrent plus aux regards que d'énormes monceaux
De meubles, de bétail, de maisons écroulées
Avec tous ces débris pêle-mêle roulées.
Enfin, tel est le sort de ces nombreux quartiers,
Qu'on peut dire qu'ils sont effondrés tout entiers.

Puis ensuite cherchez le faubourg de Charpène ;
On n'en voit même plus la trace dans la plaine.

Mais le fleuve bientôt, dans son emportement,
Cherche pour sa fureur un nouvel aliment.
Il descend à Valence, inonde ses parages,
A ses annales joint mille funèbres pages,
Puis court semer ailleurs la misère et la mort.
Bezaudun de Charpène a partagé le sort ;
Ce village n'est plus, et sa riche colline
S'éboule lentement et descend dans la Bine.
Inconnus jusqu'ici, ces faits prodigieux
Se remarquent pourtant en vingt différents lieux.
Mais ce qui doit surtout nous les rendre incroyables,
Ce sont leurs mille effets en tout point dissemblables ;
Effets surnaturels aussi bien qu'émouvants,
Que ne pourront jamais expliquer les savants.
Ici, le monticule, enlevé de sa place,
Va d'un pli de terrain occuper la surface.
Là, dans le même instant, un abîme sans fond
S'élargit où, la veille, on gravissait un mont ;
Mais hauteur, profondeur, à cette heure fatale,

Toutes sentent glisser leur terre végétale.

Enfin, dans leur rencontre, on voit ces glissements
Produire les effets encor plus alarmants
Du choc impétueux des vagues courroucées,
De l'une contre l'autre avec force dressées.

Mais les maux de Valence et de ses alentours,
Le Rhône les quadruple au loin sur son parcours.
Tous les départements, voisins de son passage,
Sans pitié sont livrés aux efforts de sa rage.
Il fond sur Avignon, le ceint de toutes parts;
Dévaste sa campagne et détruit ses remparts,
Ouvrage des Romains, beauté monumentale
Dont s'enorgueillissait cette cité papale;
Puis enfin se répand d'Arles à Tarascon,
De Marseille à Beaucaire et de Nîme à Boulbon.
Partout il démolit, partout il tue, il noie
Hommes et bestiaux; tous deviennent sa proie;
Et ce riche pays, hideux de nudité,
N'offre plus que misère et que stérilité.

Telle est, en peu de mots, la peinture notoire

De malheurs qui feront époque dans l'histoire,
Et qui demanderont des livres par milliers,
A celui qui voudra les narrer tout entiers.

Cependant, à travers ces ruines affreuses,
On rencontre partout quelques scènes heureuses ;
Scènes de grand courage et de beau dévouement ;
Scènes de grandeur d'âme et de détachement,
Qui, dans ces quatre jours de deuil et de souffrance,
Ont dit à l'univers ce qu'était notre France.

Quoique l'on attendit quelque calamité,
Le fléau cependant, par sa rapidité,
Sut trouver, en tout lieu, des milliers de victimes
Dormant, sans défiance, au bord de mille abîmes.
Mais lorsque, de la voix du lugubre tocsin,
On sut que de la mort on était si voisin,
Aussitôt, en tous sens, un désordre indicible
Vint doubler les terreurs de cette nuit horrible.
Les uns, quoique avec peine, étourdis, éperdus,
Peuvent encor s'enfuir, au hasard, demi-nus,
N'emportant avec eux, de toute leur richesse,

Que de pauvres enfants partageant leur détresse ;
Qu'un souvenir cruel d'un pécule amassé
A la sueur du front et sans fruit dispersé ;
Et chaque malheureux, pour combler la mesure,
Peut à peine franchir le seuil de sa masure,
Berceau de son enfance, abri de ses vieux ans,
Qu'il la voit s'engloutir dans les flots frémissants.
Alors on aperçoit les torches dans la plaine
Guidant des fugitifs la démarche incertaine ;
Mais telle est du fléau l'impétuosité,
Qu'il les atteint bientôt dans leur rapidité,
Et les épouvantant d'une étreinte funeste,
Du peu qu'ils ont sauvé, leur ravit ce qui reste.

D'autres, et c'est ici que mes faibles pinceaux
Vont encore amoindrir la grandeur des tableaux,
D'autres, plus exposés, peut-être moins rapides,
Sont tout-à-coup cernés par les flots homicides,
Dont la crue insolite et le brutal effort
Ne laissent d'autre espoir que celui de la mort,
A moins que l'Éternel, touché de leurs prières,
N'inspire, sans retard, d'heureux auxiliaires.

Leurs vœux sont exaucés, et d'héroïques bras,
De braves mariniers, d'intrépides soldats,
De hardis ouvriers, des prêtres magnanimes,
Des hommes de tous rangs, de nobles anonymes,
Pour ravir à la mort des frères inconnus,
A cet affreux duel sont en hâte venus.

Les premiers champions, dont la rare vaillance
Immortalisera ces heures de souffrance,
Sont Schelle et Chevalier, tous les deux artilleurs,
Secourus de Pinchot, du deuxième-chasseurs.
Et la triste Villette est le premier théâtre
Où viendra se jouer le drame opiniâtre
De l'homme corps-à-corps avec les éléments.

Attirés sur les lieux par les cris alarmants
Que poussent vers le ciel mille infortunés êtres,
Se tordant de terreur, cramponnés aux fenêtres,
Ces courageux soldats, courant au plus pressé,
Abordent un manoir à moitié renversé.
La barque est amarrée et cinq avec prestesse
En occupent bientôt l'étroite petitesse.

Mais, hélas ! du dernier le maladroit élan
Fait chavirer l'esquif et le met sur le flanc ;
Il vogue à la dérive, et, dans une seconde,
Tous, sauveurs et sauvés, disparaissent sous l'onde.
Soudain, un cri d'horreur du rivage est venu ;
Chevalier reparait ; promptement soutenu
De ses vaillants amis, par un effort sublime,
Il replonge six fois et soustrait à l'abîme,
Au péril de ses jours, ces six infortunés,
Sans ce divin secours à périr condamnés ;
Et ce brillant exploit est la première stance
D'un poème d'exploits rivaux de ressemblance.

Ailleurs, un inconnu, dans un tourbillon d'eau,
Dans un gouffre béant des plaines de Prado,
Plonge avec frénésie à trois fois différentes,
Et dérobe au tombeau trois victimes mourantes.

Et toi, brillant tambour, valeureux Lermoyé,
Qui risquas, sans pâlir, vingt fois d'être noyé,
Bien loin que je t'oublie, une plus grande page
Dira le mieux possible, et ton mâle courage,

Les dangers, les efforts et les exploits nombreux
Qui te firent si grand dans ces jours malheureux.
On te voyait partout, et, pendant dix-huit heures,
Tu parvins à sauver de leurs frêles demeures,
Par un travail ardu, sans trêve, sans répit,
A travers les fureurs d'un élément maudit,
De pauvres menacés qu'un seul moment d'attente
Allait livrer vivants à la noire tourmente.

Les deux premiers qu'il dut arracher au fléau,
En essayant de fuir, étaient roulés dans l'eau.
Lermoyé les a vus, et, dans moins de cent brasses,
Il a pu les soustraire aux abîmes voraces.

Des bords de son esquif, de victimes chargé,
Il vient d'apercevoir un autre naufragé
Qui, malgré ses efforts contre un torrent rapide,
Disparait à l'instant dans la vague perfide,
Entraînant avec lui, dans un même trépas,
Trois nageurs accourus pour l'aider de leurs bras.
Mais bientôt Lermoyé, dans ce moment suprême,
Ne voit que leur péril, et s'oubliant soi-même,

Confie à d'autres soins son précieux fardeau,
Et s'élance sans peur dans plus de vingt pieds d'eau.
Alors des spectateurs de cette horrible scène,
L'effroi glace le sang et suspend leur haleine ;
Et chacun, sur les flots promenant son regard,
Semble les accuser d'un meurtrier retard ;
Quand de joyeux vivats, des bravos unanimes,
Disent que l'intrépide a sauvé trois victimes.
Mais la première, hélas ! n'est plus, et Lermoyé
Ne ramène avec lui qu'un cadavre noyé.

Enfin, de ses hauts faits pour clore la série,
Lermoyé de nouveau compromettra sa vie,
Par un acte éclatant, à nul autre pareil,
Et tel qu'on n'en verra jamais sous le soleil.

Du haut d'une maison, en tous sens crevassée,
Et de tous les côtés par les flots balancée,
Un vieillard impotent, appréciant son sort,
Implorait du secours en attendant la mort.
A ce cri, Lermoyé, toujours brûlant de zèle,
Aborde la masure, amarre sa nacelle.

Il sait tout calculer jusqu'au moindre retard ;
Il franchit trois paliers, et parvient au vieillard ;
Le prend à bras-le-corps et d'un troisième étage,
Avec lui dans le gouffre il s'élance à la nage.
Tous deux sont disparus, et le flot agité
Seul indique l'endroit où deux corps ont lutté.
Mais bientôt Lermoyé, sans fierté de sa gloire,
Se montre, remorquant le fruit de sa victoire ;
Et le vieillard, à peine en lieu sûr déposé,
Voyait dans la tourmente engloutir son pisé.

Demandons maintenant ce qu'aura fait Chapelle.
Debout dans son esquif, il attend qu'on l'appelle,
Parcourant les écueils, cherchant les malheureux.
Des cris viennent à lui, vite il va droit sur eux.
Mais, ô déception ! cruelle destinée !
Une famille entière à périr condamnée !
Car la maison menace, et son vacillement
Empêche d'arriver jusqu'à l'appartement.
Quand soudain, de l'avis de Chapelle lui-même,
Ces malheureux ont fait choix d'un moyen extrême.
Le père est décidé ; sa femme et ses enfants

Sont lancés de sa main dans les flots écumants.
Il s'y jette après eux, et Chapelle, à la nage,
Les repêche à l'instant et les porte au rivage.

A quelques pas de là, place Napoléon,
Car tout paraît vraiment magique sous ce nom,
Un jeune promeneur, comptant douze ans à peine,
Voit une femme, au loin, que le torrent entraîne.
Il ne balance pas ; doué d'un cœur viril,
Il franchit ce torrent, sans calcul du péril ;
La saisit aux cheveux, et cette infortunée
Sur la plage bientôt est par lui ramenée.

Mais quel est cet hospice, ouvert de toutes parts
A la fureur des eaux ? C'est celui des vieillards.
Ses caducs habitants, privés de nourriture,
Se sont, pour fuir les flots, hissés sur la toiture.
Quel sera leur destin, car l'horrible niveau
Jamais ne permettra d'arriver assez haut ?
Ainsi, c'en est fait d'eux, puisqu'il faut un miracle
Pour vaincre sans retard cet invincible obstacle.
De hardis mariniers, dont la valeur répond

Au génie inventif, en ressources fécond,
Se chargent du prodige ; ils tentent l'abordage,
Et complètent à dos un brillant sauvetage.

A la Part-Dieu, plus loin, un autre marinier
Ose ce que Chapelle a risqué le premier ;
Repêche, c'est le mot, et ramène en sa barque
Deux époux que déjà croyait tenir la Parque.

Au même endroit enfin, un modeste employé
Sauve, avec un sang-froid digne de Lermoyé,
Sur un radeau fragile et sans auxiliaire,
Cinq femmes se croyant à leur heure dernière ;
Dans ce triste calcul elles avaient raison,
Car les flots aussitôt engouffraient la maison.

Mais je m'arrête ici, car pour tenter l'histoire
Des autres traits fameux et dignes de mémoire,
Dont l'indicible nombre et la témérité
Feront l'étonnement de la postérité,
Il me faudrait, je crois, et la muse d'Homère,
Et l'espoir assuré de vivre centenaire.

Et pourtant, je ne puis déposer mes pinceaux,
Sans donner, je les dois, des éloges égaux
A quelques-uns encor qui, hasardant leur vie,
Méritèrent si bien du Ciel, de la patrie.

Venez donc, je le veux, prendre place en mes vers,
Vous qu'a si justement admirés l'univers.

Venez, vous, Gabillat, à peine adolescent,
Qui, plongé deux grands jours dans le flot mugissant,
Avez prouvé, par tant d'intrépides services,
Que l'âme ni le cœur chez vous n'étaient novices.

Venez, vous, courageux cordiers de La Villette,
Venez, du Sacré-Cœur que j'acquitte la dette ;
Vous, braves à qui seuls cette habitation
Doit de treize des siens la conservation.

Venez aussi, vaillants dragons de Villeurbannes,
Qui, l'eau jusqu'au poitrail, avez à leurs cabanes,
Soustrait avec audace, en croupe ou dans vos bras,
Femmes, enfants, vieillards menacés du trépas.

II

Venez, Guininger, vous, dont le rare courage
Préserva trois amis emportés par l'orage.

Venez surtout, ô vous, famille des Gaillard,
Recevoir un laurier conquis à tout égard;
Vous qui, neuf jours entiers, dans votre vaste plaine
De Saint-Jean-de-Muzols, avez, sans prendre haleine,
De vingt-quatre maisons, détruites par les eaux,
Sauvé femmes, enfants, hommes et bestiaux.

Venez encor, vous trois, Buffa, Clausel et Mége,
De tant de lauréats augmenter le cortége;
Vous, par tant d'autres faits déjà si bien connus,
Je vous vois fatigués, haletants, demi-nus,
Vous exposant encore avec le même zèle,
Pour la centième fois sur la même nacelle,
Et luttant sans frayeur contre un affreux tournant
Qui déjà vous avait engouffrés un moment.

Venez enfin, venez, infatigable Fosse,
Qui, narguant la fureur d'un élément atroce,
Vous êtes plusieurs jours, sur un léger radeau,

A travers les périls de plus d'une heure d'eau,
Dévoué, pour nourrir, sans aide et sans collègue,
Les nombreux habitants du bourg de Vallabrègue.

Et vous, représentants d'un Dieu de charité,
Que dirai-je de vous, de votre humanité ?
Rien, car je tremblerais de toucher la couronne
Que le Ciel vous réserve et qu'un rien défleuronne.

Venez donc à ma voix, vénérables prélats,
A l'heure du danger, intrépides soldats ;
Prêtres jeunes et vieux, frères, religieuses
De tous ordres, venez ; de mes rimes pieuses,
Si votre humilité craint le flatteur encens,
L'honneur du corps permet de souffrir des accents.
Et l'aumône des uns, des autres l'héroïsme,
Le dévouement de tous dans ce grand cataclisme,
Devront, n'en doutez pas, dire une fois de plus
Ce que la Foi chrétienne inspire de vertus.

Cependant, au milieu de ce désastre immense,
On va bientôt sentir la Divine Clémence.

A tant d'exploits, à tant d'héroïques travaux,
Le Ciel ajoutera d'autres secours nouveaux,
Qui du fléau sauront terminer les tortures,
Adoucir les douleurs et guérir les blessures.
Secours surnaturels que jamais on n'a vus ;
Que, l'histoire à la main, jamais on n'aura lus.

Mais alors qui viendra, dans ces sanglants orages,
Dissiper les dangers, relever les courages ?
Le Sud a bien, sans doute, un divin talisman,
Mais qu'il n'invoquera qu'au suprême moment ;
Ce moment est venu. La Vierge de Fourvières
Des pauvres inondés exauce les prières ;
Elle adresse à son Fils un regard suppliant,
Et son Fils lui répond d'un regard bienveillant.

L'Homme miraculeux qui gouverne la France,
De son peuple aussitôt a compris la souffrance.
Prompt comme la pensée, il vole à son secours.
Si son bras des torrents n'arrête pas le cours,
Du moins sa main soulage et sa bouche console ;
Il n'est pas un enfant, que le malheur désole,

Qui n'ait sa large part à l'auguste faveur ;
Et le peuple à l'envi de bénir son Sauveur.

Il arrive à Lyon ; c'est sa première étape.
A peine pied à terre, il traverse la nappe
Et brave les torrents qui, depuis quatre jours,
Ont inondé la ville et détruit ses faubourgs.
Il ne redoute rien ; l'eau lui vient à la selle,
Et force ses amis à le suivre en nacelle ;
Qu'importe ? Et plus les lieux paraissent dangereux,
Et plus il y devra trouver de malheureux.
Sa douleur fut navrante en voyant le ravage,
Et de sublimes pleurs couvrirent son visage.

O vous, heureux témoins d'un spectacle si beau,
Dites donc quelle plume et quel hardi pinceau
Oseront aspirer à l'effet poétique
Que produisit ce Prince, au prestige magique,
Quand il parut soudain, et sans être attendu,
Dans les flots désolés de son peuple éperdu ?
Partout il répandait l'or avec abondance,
Et faisait sous ses pas renaître l'espérance ;

Montrant à tous les rangs la même aménité,
Et n'affectant de choix que pour la pauvreté.
Deux seuls faits, recueillis d'un témoin oculaire,
Peindront cette bonté touchante et populaire.

Un enfant de sept ans, de haillons habillé,
Tout dégoûtant de crasse et jusqu'aux os mouillé,
Errait à l'aventure, appelant au rivage
Les auteurs de ses jours disparus dans l'orage.
Ses larmes au plus dur eussent fendu le cœur ;
Il n'en fallait pas tant pour toucher l'Empereur.
Il demande l'enfant, le place sur sa selle ;
Étanche de sa main l'eau sale qui ruisselle ;
Le console, l'embrasse, et lui donnant de l'or,
Le confie aux bons soins d'un vigilant Mentor.
Et l'honnête ouvrier dont la bouche expansive
Charmait, par ce récit, mon oreille attentive,
Ajoutait dans l'extase et les larmes aux yeux :
« L'Empereur, pour son Fils, n'aurait pu faire mieux. »

A quelques pas de là, deux agents de police,
Exagérant les soins d'un rigoureux service,

Éloignaient une vieille essayant de tout cœur
A faire retentir son *vive l'Empereur.*
Mais le Prince aussitôt ordonne qu'elle approche,
Et puisant des deux mains dans sa riche sacoche :
« Bonne femme, dit-il, acceptez pour du pain ;
» Surtout, surtout, priez pour votre souverain. »

Mais ce qui, complétant sa brillante auréole,
Du midi sans retour vint le rendre l'idole,
Ce fut quand il osa, tranquille et de sang-froid,
Monter, comme en vaisseau, dans un esquif étroit,
Et franchir un torrent dont la fougueuse pente,
Portait au loin la mort et semait l'épouvante.

Où s'élance-t-il donc, et quels puissants motifs
Peuvent ainsi pousser, au milieu des récifs,
Et des autres périls d'une mer furibonde,
Celui qui dans ses mains tient les destins du monde ?
Eh ! bien, il court au loin consoler, secourir
Des milliers de sujets destinés à mourir
Ou de faim ou par l'eau, car leur perte est certaine,
Si le Ciel à l'instant, de la plage lointaine,

Ne leur envoie, et l'or qui procure le pain ,

Sans lequel, on le sait, c'en est fait d'eux demain,

Et le savant conseil guidant le sauvetage ,

Et le pouvoir qui pousse aux actes de courage.

L'Empereur porte tout, et tous ces malheureux

Par lui sont arrachés à leur sort désastreux.

Mais ne redoutons rien ; la précieuse vie

Qui peut sauvegarder le monde et la patrie,

Se trouve dès longtemps sous l'égide de Dieu :

Il la protègera sans cesse et dans tout lieu ;

Napoléon le sait, et sans voir en arrière,

Il fournit en héros sa sublime carrière.

Et quel superbe rôle a l'heureux nautonnier

Auquel, seul, sans escorte, il ose se fier,

Et qui, pour apaiser les terreurs unanimes

Que provoque à l'instant l'aspect de tant d'abîmes,

Une main vers le ciel et l'autre sur le cœur,

Dit solennellement : « J'en réponds sur l'honneur ! »

Il revient en effet, mais c'est pour se soustraire

Au frénétique élan de l'amour populaire ;

C'est pour courir encore affronter le trépas,
Poursuivre dans son cours le fléau pas à pas,
Et par mille bienfaits en effacer la trace ;
Car Lyon ne sera qu'une pâle préface
D'un poëme introuvable aux fastes des aïeux,
Et que jamais un jour ne croiront nos neveux.

Il court vers Avignon ; partout sur son passage,
S'il sème beaucoup d'or, il recueille l'hommage
D'un respect sans pareil, d'un amour sans égal.
Il entre triomphant au vieux palais papal ;
Puis traversant les flots de peuplades émues,
Il parcourt, en bateau, les places et les rues
Qu'inonde le torrent au terme de son cours ;
Prodigue ses trésors, dirige les secours ;
Encourage, console, et partout sa présence
Des maux les plus cuisants calme la violence.
Extasié devant un dévoûment si beau,
Le pontife bénit l'impérial berceau,
Et, pour récompenser l'héroïsme du Père,
Il prophétise au Fils un avenir prospère.

L'Empereur cependant veut quitter Avignon
Pour voler au secours d'Arle et de Tarascon.
Mais comment ira-t-il, car les routes ferrées
Sont, sur ce long trajet, par les eaux dévorées ?
Qu'importe donc encor ? Il nargue tout danger,
Et, malgré ses amis, sautant d'un pied léger
Dans une frêle barque amarrée à la rive,
Il disparaît aux cris : Que notre Empereur vive !
Ses cent-gardes en vain veulent l'accompagner ;
Il leur donne en riant l'ordre de s'éloigner.
Que craint-il ? Est-ce que l'Éternelle Sagesse
Qui nous le réservait pour nos jours de détresse,
Depuis ses jeunes ans ne l'habitua pas
A ne compter jamais que sur son puissant bras ?
Il y compte toujours ; c'est parce qu'il s'y fie,
Que, sans pâlir jamais il expose sa vie.
Aussi, voyez avec quelle sérénité
Il brave des torrents l'impétuosité ;
Ne le croirait-on pas faisant sa promenade
Sur l'eau que de Boulogne entretient la cascade ?
Et cependant combien d'écueils et de récifs,
D'arbres cachés sous l'eau, que de débris massifs ?

Pas un coup d'aviron qui ne heurte un obstacle ;
Pas un pas en avant qui ne soit un miracle.

Mais il arrive après quatre heures de péril.
Muse, si tu le peux, dis que se passa-t-il
Dans sa belle et grande âme, et quelle fut sa peine,
Lorsque de Tarascon la magnifique plaine
Déroulant devant lui ses eaux sans horizon,
Fit comprendre à son cœur un mal sans guérison ?
Ainsi que le fléau sa douleur fut immense ;
Elle se traduisit par un morne silence ;
Et comme le raconte une femme du lieu :
« En joignant les deux mains, il a fait : Oh ! mon Dieu ! »

Tarascon secouru, c'est Arles qu'il visite ;
C'est là qu'à son triomphe il pose la limite ;
Là, comme ailleurs, sa main enfante des heureux ;
Là, comme ailleurs aussi, des vivats chaleureux,
Gage assuré d'amour, d'estime générale,
Accompagnent partout sa marche triomphale ;
Et bientôt son départ, renouvelant les pleurs,
Semble être pour chacun le plus grand des malheurs.

Réduit, pour son retour, à sa route première,
Il monte de nouveau sa barque familière,
Et, toujours inspirant son brave nautonier,
Il inocule en lui son sang-froid coutumier.
Avignon, en tremblant, l'attendait au rivage.
Mais cette fois il faut, pour franchir le passage,
Que son hardi nocher le porte dans ses bras;
Et ce nouvel exploit est couvert de hourras.

Nocher, cent fois heureux, dis-moi, je t'en convie,
Si dans ces courts instants, les plus beaux de ta vie,
Tu sus apprécier l'enviable bonheur,
Que tu devais au Ciel, de porter l'Empereur?
De porter l'Homme auquel la patrie et le monde
Doivent le grand bienfait d'une paix si profonde,
Et qui, par sa sagesse et par son ascendant,
A replacé la France à son antique rang?
Non, tu n'as pas compris cette faveur suprême,
Autrement, tu devais mourir à l'instant même.

Le Héros triomphant doit pourtant se hâter
D'échapper aux transports qu'il a su mériter;

Car bientôt son oreille et son âme attentives
Ont compris les douleurs qui frappaient d'autres rives.
Des ailes de son Aigle empruntant le concours,
A d'autres malheureux il porte ses secours.

Muse, à quoi bon, dis-moi, le suivre sur la Loire ?
Partout mêmes exploits et partout même gloire ;
Partout mêmes bienfaits et partout même amour ;
Même délire enfin ; et cependant, un jour,
Quelques rares instants passés aux ardoisières
Bientôt vont dépasser ces merveilles premières,
Dompter ses ennemis et le faire aussi grand
Que ne le fut jamais son immortel Parent ;
Qu'il ne le fut lui-même aux bords de la mer Noire,
Quand chaque jour pour lui fut un jour de victoire.

Et puis, comment encor, comment m'aventurer,
Quand toi-même déjà ne peux plus m'inspirer,
Dans ce nouveau sujet de grandeur colossale,
Moi que vient d'épuiser sa gloire provençale ?
Où donc trouver la verve, où trouver les couleurs,
Pour peindre fortement dix mille travailleurs,

Hommes à l'œil sinistre, à l'allure sauvage,
Ses ennemis jurés l'attendant au rivage ?
Et Lui, Lui, l'air tranquille et le regard serein,
Se dirigeant vers eux, non pas en souverain
Qu'entoure, l'arme au poing, une immense cohorte,
Car il s'est isolé bien loin de son escorte,
Mais en père adoré qui dépêche ses pas
Pour embrasser ses fils et se voir dans leurs bras.

Comment rendre, crois-tu, les transports frénétiques
De ces hommes naguère exaltés fanatiques,
Aujourd'hui confondus de trouver un ami
Dans celui que du peuple ils croyaient l'ennemi ?
Surtout quand on le vit, nouvelle Providence,
Toujours seul, au mépris des lois de la prudence,
Prodiguer dans leurs rangs son or à pleines mains,
Punir par ses bienfaits leurs projets inhumains ?
Non, non, Muse, devant un pareil épisode,
Toute lyre se tait, fut-elle d'un Rapsode ;
Et moi, d'un tel sujet justement effrayé,
Je rebrousse un chemin où je suis enrayé.

Mais vous, que, de si loin, je suis dans la carrière,

Du Parnasse français la gloire et la lumière,
Auteurs du *Fils de l'Homme,* à vous l'insigne honneur
De chanter ces instants de deuil et de malheur,
Qui nous vaudront moitié d'une prépondérance
Dont nul autre pays n'a joui que la France.

Alors vous chanterez les concours étonnants,
Et de l'Europe entière et des deux continents.
Depuis la chaude Espagne et Rome catholique,
Jusqu'au froid Suédois et la Prusse hérétique;
De l'Anglais devenu notre ardent allié,
Jusqu'au Russe ennemi, mais réconcilié,
Tous, en enrichissant notre œuvre libérale,
Prouvent qu'ils ont subi l'influence morale
Du seul Homme qui pût, dans nos jours désolés,
Soutenir, de sa main, leurs trônes ébranlés.
Aussi les verrez-vous, dans leur reconnaissance,
Accourir à Paris, proclamant sa puissance,
Et par là, tour-à-tour, offrant à l'univers
Un spectacle incroyable et digne de vos vers.

Alors vous chanterez, poètes de génie,
Et Napoléon Trois et sa douce Eugénie.

D'Elle, type si pur de grâce et de beauté,
D'Elle, vous chanterez l'ineffable bonté,
Si délicate en tout, que chacun s'imagine
Retrouver, traits pour traits, l'unique Joséphine,
Dont la main généreuse essuya tant de pleurs,
Dont l'âme sut toujours compatir aux malheurs,
Et qui, par ses vertus, rendit au diadême,
Tout l'éclat qu'elle en put recevoir elle-même.

De Lui, l'homme de Dieu, vous chanterez enfin,
Sur des rhythmes nouveaux, dans des rimes sans fin,
Le génie étonnant, génie héréditaire,
Dont le globe devient l'obligé tributaire,
Et qui, développé par d'immenses travaux,
A laissé loin de lui d'innombrables rivaux;
Son rapide coup-d'œil, sa sage patience,
Sa rare loyauté, son heureuse science
De choisir ses amis, d'éviter les flatteurs,
Des princes les plus purs éternels corrupteurs;
Son penchant à la paix, son triomphe à la guerre,
Son nom retentissant aux confins de la terre;
Notre France, en un mot, si puissante aujourd'hui,

Que rois et nations réclament son appui,
Demandent ses conseils, l'invoquent pour arbitre ;
Si bien que désormais, à n'importe quel titre,
L'Europe, à son insu, de par Napoléon,
N'osera plus tirer un seul coup de canon,

Voilà votre héros et voilà son ouvrage ;
Maîtres, déployez donc votre antique courage ;
Devant un tel sujet, sans doute, on doit trembler,
A vous de l'entreprendre, à moi de reculer.

O vous, qui recevez le reflet d'une gloire
Qui n'aura jamais eu d'égale dans l'histoire,
France et vous Eugénie ; en voyant l'Univers
Respirer le bonheur après tant de revers ;
En voyant notre grande et sublime patrie
Si longtemps abaissée, autrefois si flétrie,
Se relever bientôt par la guerre et la paix,
Et resplendir au loin plus belle que jamais ;
En voyant un berceau conquis par nos prières ;
Combien toutes les deux, vous devez être fières,
Et toi, France, d'avoir élu Napoléon,
Et vous, Madame, et vous, de porter un tel nom.

Enfant béni de Dieu, notre unique espérance,
Toi qui résumes seul l'avenir de la France,
Va, grandis sans effroi du sort qui t'est promis,
Car désormais, partout, tu n'as que des amis ;
Et puis, de deux grands noms quand le Ciel te protége,
De celui de ton Père et celui du Saint-Siége,
Qu'as-tu donc à risquer ? Ce double talisman
Te garantit l'empire, attends-le hardiment.
Mais si jamais un jour, pour en fixer les rênes,
Il te fallait, Enfant, tout le sang de nos veines,
Il n'est pas un Français, en ce jour solennel,
Qui ne scellât du sien ton trône paternel,
Dernier gage d'amour et de reconnaissance,
A l'Auteur de la paix, au Sauveur de la France.

NOTES

S'éboule lentement et descend de la Bine.
La Bine, rivière du département de la Drôme.

Les premiers champions, dont la rare vaillance
Immortalisera ces heures de souffrance,
Sont Schelle et Chevalier. . . . .

Une fois pour toutes, je ferai remarquer que, pour éviter d'être accusé de flatterie ou de spéculation, j'ai pris à tâche de ne choisir les héros de mes épisodes que dans les classes les plus modestes de la société; au surplus, tous les faits célébrés dans cette œuvre sont d'une sévérité historique à l'abri de toute critique ; tous ont été puisés dans les relations officielles de l'époque.

. . . . La Vierge de Fourvières
Des pauvres inondés exauce les prières.

Fourvières, nom d'une colline qui domine la ville de Lyon, et au sommet de laquelle se trouve une chapelle consacrée à Marie, célèbre par les nombreux pélerinages qui y affluent sans cesse de toutes les contrées avoisinantes.
Cette chapelle, nouvellement restaurée, est surmontée de la statue colossale de la sainte Vierge, que l'on aperçoit à des distances considérables.

Le pontife bénit l'impérial berceau.
Monseigneur l'archevêque d'Avignon.

. . . . Il nargue tout danger
Et malgré ses amis, sautant d'un pied léger.

L'adjectif *léger* n'a pas été choisi pour le besoin de la
rime, mais il a été imposé par la sévérité de l'histoire. En
effet, on lit ceci dans une relation officielle :
« Il sauta, c'est le mot, dans un batelet, comme un
simple soldat de marine. »

« En joignant les deux mains, il a fait : Oh ! mon Dieu ! »

Ce vers se trouve mot pour mot dans la bouche de cette
pauvre femme.

Auteurs du *Fils de l'Homme*, à vous l'insigne honneur

MM. Barthélemy et Méry, auteurs de plusieurs poèmes
Napoléoniens, entr'autres du *Fils de l'Homme*, de *Waterloo*
et de *Napoléon en Égypte*, chefs-d'œuvre sans pareil,
comme tout ce que nous devons à leurs plumes.

Alors vous chanterez les concours étonnants,
Et de l'Europe entière et des deux continents.
. . . .
Tous, en enrichissant notre œuvre libérale.

La part immense et empressée que, non-seulement
toutes les nations, mais encore les monarques de l'Europe
et des autres parties du monde, ont prise à la souscription
ouverte en France au profit des inondés, est un fait unique
dans l'histoire moderne comme dans l'histoire ancienne, et
sera une des gloires de la vie et du règne de Napoléon III.

Vaugirard, typographie d'Alfred Choisnet, rue de l'Église, 8